# ANDRÉ CHÉNIER

## POËME

*Auquel l'Académie française a accordé l'accessit de Poésie*

*dans le concours de 1876-1877*

PAR

# ÉMILE BOULLY

Professeur de Philosophie au collége de Remiremont

---

*Toi, Vertu, pleure si je meurs !*

PARIS

## LIBRAIRIE DES BIBLIOPHILES

Rue Saint-Honoré, 338

M DCCC LXXVII

# ANDRÉ CHÉNIER

*A mon Père,*

*A ma Mère,*

HOMMAGE AFFECTUEUX.

# ANDRÉ CHÉNIER

## POËME

*Auquel l'Académie française a accordé l'accessit de Poésie*

*dans le concours de 1876-1877*

PAR

## ÉMILE BOULLY

Professeur de Philosophie au collége de Remiremont

---

*Toi, Vertu, pleure si je meurs !*

PARIS

LIBRAIRIE DES BIBLIOPHILES

Rue Saint-Honoré, 338

M DCCC LXXVII

# ANDRÉ CHÉNIER

*Toi, Vertu, pleure si je meurs !*

## I

S'il est un jugement abhorré de l'Histoire,

S'il est un meurtre impie, oh! c'est bien celui-là!

S'il est un jour de deuil et d'inique mémoire,

C'est ce jour où, ravie à sa prochaine gloire,

Sur un vil échafaud cette tête roula!

Pour comble à la terreur fallait-il un grand crime?

Dût un sang pur crier d'implacables appels,

A ton culte naissant fallait-il pour victime,

O vierge Liberté, le front le plus sublime,

André Chénier jeté sanglant sur tes autels?

Lui, dont l'œil rayonnait de pensers héroïques,

Était-il fugitif d'un solennel serment?

Studieux de l'art grec et des vertus antiques,

N'avait-il pas été dans ses chants prophétiques

Et ton premier poëte et ton premier amant?


Du temple qu'il créait, *étincelante, armée,*

Ne dominais-tu pas le gracieux fronton

Pour annoncer au loin sa jeune renommée,

Telle que, protégeant sa ville bien-aimée,

Étincelait Pallas du haut du Parthénon?


Savais-tu pas quel nom grandissait pour la France,

Et que, de ses travaux s'il n'a rien recueilli,

C'est qu'il a dédaigné la vaine complaisance

Des faciles succès que suit l'indifférence

Et qui tombent bientôt dans un facile oubli? —

Sa main, toujours tentée à des œuvres nouvelles,

Frémissait, plus rapide et plus ferme toujours.

Nourrissant ses regards des plus divins modèles,

Religieux amant des formes immortelles

Dont le ciseau des Grecs anima les contours,


Il aimait, dans la paix des veilles solitaires,

Sur ces débris sacrés courber son front rêveur,

Méditer à loisir, pénétrer leurs mystères,

Et sentir, à l'aspect de leurs grâces austères,

La piété du beau déborder de son cœur.


Alors sa muse ardente aux rivages de Grèce

Volait, traçant dans l'air des sillons éclatants,

Et là, parmi les chœurs, chantait avec ivresse

Ou Diane, ou Cypris, ou la fière déesse

Épouse et sœur du dieu qui vainquit les Titans.

C'est là qu'il entendait les récits et la plainte

De l'hôte de Lycus, du pâle mendiant,

Et l'appel douloureux qu'adresse au dieu de Sminthe,

Au dieu de Ténédos et de Claros la sainte,

L'harmonieux aveugle, antique suppliant !


Il aimait rencontrer loin des routes foulées

Quelque nymphe inconnue aux regards des pasteurs,

Éveiller les échos des secrètes vallées

Et boire au pur cristal des sources isolées

Où jamais n'ont puisé les mains des voyageurs.


Disciple bien-aimé des muses de Sicile,

Dans un rhythme nouveau cadençant leurs chansons,

Il conduisait Chloé vers l'amoureux Mnazile,

Aux vœux de son amant rendait Naïs docile

Et du dieu Pan lui-même écoutait les leçons.

Aux bords du Sébéthus il soutenait Néère

Qui, se sentant mourir, lui chantait ses adieux ;

Il invoquait Phœbus, lui portait la prière

Que seule et dans les pleurs achevait une mère

Pour son fils, dont l'Amour appesantit les yeux ;


Ou suivait le vaisseau portant vers Camarine

Myrto, qu'un vent fatal, hélas ! devait ravir... —

Mais les monstres marins, ô jeune Tarentine,

N'ont point flétri la fleur de ta beauté divine,

Qui survit et toujours brille au cap du Zéphyr ! —


Et puis il revenait aux rives de la Seine,

A ses jeunes amis soupirait ses amours,

Camille aux seins émus, Fanny, chaste et sereine, —

Car le poëte est faible et son âme incertaine

Pleurera sa défaite en la cherchant toujours ! —

Et rêves et projets, élans vers le sublime,

Toiles où de sa main s'échappa le pinceau,

Vers charmants dont la Mort a devancé la rime,

Tant elle fut rapide à saisir sa victime,

Et qui semblent meurtris par l'infâme couteau ! —


O destin ! — Avoir bu la coupe enchanteresse

Où s'abreuvent les forts d'austère volupté,

Être fils de la France, être fils de la Grèce,

Être sacré par l'art, vaillant par la jeunesse,

Respirer l'avenir et l'immortalité ;


Sentir son cœur ardent, sentir frémir son être

Sous des baisers secrets et des souffles divins,

Être Chénier enfin ! — et se voir méconnaître,

Et trahi par la gloire, ignoré, disparaître

Broyé dans le conflit des tumultes humains ! —

O toi, toujours présente au cœur de l'homme antique,

O vierge souriante, ô douce Liberté,

Qui de rayons si purs baignas le sol attique,

Est-ce en ton nom qu'on livre à la hache publique

Ce front que de ses pleurs la muse a visité ?


Non, d'un assassinat ta main n'est pas complice !

Non, tu n'as pas livré ton poëte au bourreau !

Si ton culte eût voulu ce sanglant sacrifice,

Lui-même eût sans murmure accepté son supplice,

Et, ferme, pris sa place au fatal tombereau...


De tigres, dont l'enfer a dû vomir les âmes

Et que ses traits hardis font rugir de fureur,

De rhéteurs insolents et d'égorgeurs de femmes,

De monstres, vil produit d'accouplements infâmes,

Qui, lâches par instinct, sont féroces par peur,

Il meurt triste victime, et ce tendre génie,

Si faible dans l'amour, contre eux sait rester fort :

Point de pleurs dans ses yeux ; sur sa lèvre pâlie

Point de ces chants plaintifs, vains regrets de la vie

Qui ne cachent souvent que l'effroi de la mort.


Il meurt, mais en poëte armé pour sa vengeance :

Nonchalant de ses jours, mais non de ses écrits,

Superbe, étincelant, terrible d'éloquence,

Il rend à ses bourreaux sentence pour sentence

Et leur crache au visage un hymme de mépris.

## II

Allons, Chénier! allons! c'est la mort qui délivre

Et fait triompher l'innocent !

Dans cet air empesté ta muse ne peut vivre

Et respirer l'odeur du sang ! —

Victime désignée, à quoi bon te défendre ?

Leur langage n'est pas le tien ;

Stupides de forfaits, ils ne peuvent comprendre

La langue de l'homme de bien (1).

Lorsqu'à la hache il faut qu'un jugement pourvoie,

Tous les débats sont superflus :

(1) M. Becq de Fouquières a publié, d'après Sainte-Beuve, le procès-verbal de l'interrogatoire du 18 ventôse an II. Ce document, aussi trivial par le fond que par la forme et l'orthographe, montre assez, suivant l'expression de l'éditeur, « en quelles mains ignobles était tombé le malheureux André ».

Point de pitié ; juger, pour eux, c'est à leur proie

Jeter des outrages de plus,

C'est ralentir la mort, prolonger le supplice...

Prends ta place aux rangs des proscrits,

Et, puisque de tes jours tu fis le sacrifice,

Ne réponds que par le mépris.

Lève-toi devant tous ! devant tous sois leur juge,

Sois devant tous juge et vengeur !

Que nul de ces bourreaux ne trouve de refuge

Contre ton vers accusateur ;

Qu'à la race future un vibrant anathème

Dénonce le joug détesté

De dictateurs, au nom de la liberté même

Oppresseurs de la liberté ;

Que, lancés d'un bras sûr, tes ïambes rapides

Volent se planter dans leur chair,

Et fassent chanceler ces tyrans homicides

Sous l'âpre morsure du fer !...

Oh ! ce hardi combat sied bien à ton courage !

Apprends-nous donc, près de mourir,

Comment un vers sanglant lave un sanglant outrage ;

Apprends-nous comme on doit haïr ;

Apprends-nous de quel feu redoutable et sublime,

De quels rayons, de quels éclairs

L'honnête homme soudain illumine la rime

Pour y clouer un nom pervers ;

Apprends-nous comme on vit, comme on meurt invincible,

Comment un poëte au grand cœur

Sait châtier le crime implacable, terrible,

Et fier comme Apollon vainqueur. —


O Chénier ! *la Vertu t'applaudit...* et te pleure !

Mais, hélas ! que font tes amis ?

Comme toi souffrent-ils...? ou font-ils à cette heure

De lâches et vils compromis ? —

Non ! car c'est trop d'un doute, et douter serait croire

Aux trahisons de l'amitié :

Je ne veux voir qu'un crime en cette sombre histoire

Et n'invoquer que la pitié...

Écoutez!... c'est la voix d'une jeune captive...

Écoutez...! c'est la muse en deuil

Qui ne veut pas mourir, et qui, douce et plaintive,

Chante encore, près du cercueil!

C'est l'accent résigné, les adieux à la vie

De ce poëte infortuné

Que trahit tout espoir, mais que la Poésie

N'aura jamais abandonné!...


Trois jours, trois jours d'oubli pouvaient sauver sa tête!

O juste ciel, trois jours encor!

Voici que ta colère enfin émue apprête

Le grand jour du Neuf Thermidor!

Pourquoi tes coups distraits frappent-ils qui t'implore

Au nom du droit, de la vertu ?

Laisse aux yeux du poëte éclater cette aurore :

Qu'il n'ait pas en vain combattu,

Qu'il contemple, vainqueur, ces héros de carnage

Aux mains d'un peuple furieux ;

Qu'il connaisse leur mort, ayant connu leur rage,

Et puisse en repaître ses yeux !...

Mais non ! s'il doit payer d'un coupable silence

L'oubli du sombre tribunal,

Mieux vaut encor mourir qu'acheter l'indulgence

De Fouquier et de Coffinhal :

Il ne faut pas qu'un jour même la calomnie

Cherche un poëte en ce charnier ;

Il ne faut pas qu'un doute effleure le génie,

Lorsqu'il s'appelle André Chénier.

Pour que pleure sur lui la muse de l'Histoire,

Pour que son nom soit saint, il faut

Que devant l'avenir il ne puisse à sa gloire

Manquer l'honneur de l'échafaud.

Il ne faut pas qu'un monstre ait le droit de l'absoudre,

Il faut enfin qu'aux mains des dieux

Sa grande âme indignée aille arracher la foudre,

Et venge la terre et les cieux !


## III


Aux cachots Saint-Lazare, à la Conciergerie,

Aux *Cavernes de mort*, parcs de la boucherie,

Ce fut sans doute alors un spectacle nouveau

Que de voir ce poëte en un mâle langage

Braver la tyrannie, et rendre le courage

A tous ces fronts captifs réservés au bourreau...

Mais lui-même parfois, tourmenté de sa gloire,

Inquiet de laisser ses écrits imparfaits,

Rêveur, et soucieux de sa propre mémoire,

Soupirait l'abandon de ses jeunes projets ;

Et, lorsqu'à l'échafaud la divine étincelle

Pour la dernière fois en lui se réveilla,

Frappant son front, au seuil de la nuit éternelle :

« Et cependant, dit-il, quelque chose était là ! »

. . . . . . . . . . . . . . . . . . . . . . . . .


Lui, dont l'enthousiasme, au jour qui fit éclore

De nouvelles vertus comme des droits nouveaux,

Saluait dans ses vers la grande et sainte aurore

Qui brillait pour les arts et les libres travaux ;

Lui, dont la noble ardeur acclamait l'espérance

De voir régner un jour sur la terre de France

Par d'immuables lois l'immuable équité ;

Lui, cœur né pour l'amour, il mourut plein de haine,

Désespérant de tout, de la justice humaine,

Du droit, et de la gloire, et de la liberté !


Il mourut, et sur lui vingt-cinq ans de silence,

Et la nuit sur son œuvre, et l'oubli sur son nom !

A peine, par hasard, quelques vers, une stance,

Présage méconnu de paix, de renaissance,

Jetaient un vif éclair qu'éteignait l'horizon...

Mais tout à coup, pareils à ces marbres antiques

Que la terre envieuse a dû rendre à nos yeux,

On vit paraître au jour ces débris poétiques,

D'une œuvre interrompue ensemble harmonieux :

Et tous de s'empresser, poëte ou statuaire,

A ce temple idéal, à ce pur sanctuaire,

Où revivait la Grèce et son charme immortel ;

Et, rivales d'amour, leurs âmes, dans l'enceinte,

Se sentaient pénétrer de cette flamme sainte

Qui respirait encore au trépied solennel. —


Ton ombre, ô mon poëte ! est-elle consolée ?

Vois ces jeunes élus qu'aiguillonne le beau

Entourer la statue à peine dévoilée

Et saluer en toi, le dieu d'un art nouveau !

Vois tous ces morts sacrés, qu'invoquait ton génie,

Sur ton nom qui grandit épandre la clarté

Et t'appeler au chœur de l'immense harmonie

Qui remplit les lointains de l'immortalité :

Les gloires d'Italie et celles de la Grèce,

L'aveugle de Chios au front olympien,

Virgile, chaste et pur, et près de lui Lucrèce,

Et Properce, et Sapho, tous ceux dont la tendresse

Eût choisi l'amitié d'un cœur comme le tien ;

Et surtout ces beaux fronts, honneur de notre France :

Corneille, dont le souffle inspire la vaillance,

Corneille, âme romaine aux élans généreux ;

La Fontaine, doux sage à la voix familière ;

Racine, dieu des pleurs ; dieu du rire, Molière,

Si divers et pourtant si semblables tous deux ;

Et tant d'autres encore, et tous ceux que l'on nomme,

Sublimes ou naïfs, fougueux ou tempérés,

Qui joignent le beau nom de poëte au nom d'homme,

Tous les vrais créateurs, tous lés grands inspirés !

Si moi-même, après eux, j'apporte mon hommage

A tes travaux, à tes vertus, à ton courage,

Pardonne, ô mon Chénier ! car je t'aime... Et, plus tard,

Roidi par les hivers, insensible vieillard,

A ces vers, que ton cœur a remplis de sa flamme,

Je viendrai ranimer mes vieux ans et mon âme ;

J'inclinerai mon front sur ton livre divin,

Où rêva tant de fois et pleura ma jeunesse,

Pour réchauffer encor ma vie, à son déclin,

Aux fécondes ardeurs du soleil de la Grèce ;

Je reverrai ce ciel que ta muse a chanté,

Et tes récits alors, par d'ineffables charmes,

Rappelant au mourant l'amour et la beauté,

Feront de mes yeux secs jaillir encor les larmes.

A PARIS

DES PRESSES DE D. JOUAUST

*Imprimeur breveté*

Rue Saint-Honoré, 338